우리의 죄는 야옹
길상호 시집

문학동네시인선 087 길상호
우리의 죄는 야옹

시인의 말

물어와 운문이 산문이
고양이들을 데려와 함께 지내면서
나는 야옹야옹,
새로운 언어를 연습한다.
말이 되지 않는 고양이어를 듣고서도
눈치가 빠른 고양이들은
나를 정확하게 이해해준다.
얼토당토않은 말은 적당히 무시하면서……

시가 되지 않는 문장들은
교감으로 당신에게 가닿길 바란다.

2016년 늦가을
길상호

차례

제3부

제1부

썩은 책

죽은 글자들을 모아놓은 책
나는 오늘 책을 묻었다

굽은 자음과 모음을 펴려고
흙이 된 당신들이 모여들었다

땅이 느릿느릿 문장을 읽기 시작했다

빗방울과 눈송이가 번갈아
지워진 나이테를 복원해냈다

당신들이 다녀간 행간,
아픈 단어마다 싹을 틔웠다

책을 묻었다

죽은 글자들을 위해서는
더 깜깜한 죽음이 필요했다

연못의 독서

그날도 날아든 낙엽을 펼쳐들고
연못은 독서에 빠져 있었다
잎맥 사이 남은 색색의 말들을 녹여
깨끗이 읽어내는 것이야말로
초겨울 가장 서둘러야 할 작업이라는 듯
한시도 다른 데 눈을 돌리지 않았다
침묵만 남아 무거워진 낙엽을
한 장씩 진흙 바닥에 가라앉히면서
물살은 중얼중얼 페이지를 넘겼다
물속에는 이미 검은 표지로 덮어놓은
책들이 수북이 쌓여 있었다
연못의 목소리에 귀기울이며
오래 그 옆을 지키고 앉아 있어도
이야기의 맥락은 짚어낼 수 없었다
저녁이 되어서야 나는 그림자를 뜯어
수면 아래 가만 내려놓고서
비밀처럼 깊어진 연못을 빠져나왔다

물티슈

낡은 바다가 지어놓은 여관
그곳에 오래 머문 적 있다
주머니 속에서 굴리던 조개껍데기
무늬가 다 사라질 때까지,
옷깃을 스친 인연들이
인연 전으로 모두 돌아갈 때까지,
우리는 별빛이 끝난 새벽마다
창틈에 삐져나온 파도 한 장을 뽑아
서로의 때 낀 입술을 닦아주었다
파도는 아무리 뽑아 써도
쉽게 채워지곤 했으므로
너와 나 사이에 드나들던
거짓말도 참말도 점점 희미해졌다
그러다가 어느 날은
담장을 걷던 고양이가 같이 뽑혀와
붉은 혀로 쓰윽,
우리의 눈길을 핥고 가기도 했다
망막에 낀 얼룩이 사라지자
너는 모르는 사람이 되어 있었다
서먹한 얼굴로 각자 짐을 챙겨
그 낡은 여관을 빠져나왔고
남겨놓고 온 우리는
몇 겹의 파도가 천천히 지웠다

빗방울 사진

연꽃의 조리개가 닫히고 나면
사진관은 곧 사라질 거라 했다

못도 물그림자를 걷어내며
암실 같은 어둠을 준비하고 있었다

마지막 손님을 위해 사진사는
잎 끄트머리 빗방울 렌즈를 갈아 끼우고

꽃받침도 없이
겨우 꽃잎을 붙잡고 있는 인연,

바람만 조금 불어도
초점거리에서 벗어나버리는 얼굴

그가 빗방울에 맺힌 그림자를 꺼내
연잎 위에서 굴리는 동안

현상되지 않던 표정들은
잎맥 사이 천천히 모습을 드러냈다

떨어뜨린 연, 꽃잎을 받아들고
어두워진 수면이 한참을 울먹였다

고인돌

밤 깊도록 쏟어내고 다시
빗소리는 명치에 고인다
수리를 하지 못한 갈비뼈 실금 사이로
눅눅한 소리가 스며든다
좌우 심방 심장 양쪽에 마련해둔
두 개의 묘실이 모두 젖는다
서서히 죽여온 과거와
서서히 죽어갈 미래 사이에
벽처럼 서서 떨고 있는 지금,
어느 방으로도 건너갈 수 없다
비의 박동 소리를 세고 있으면
지친 등 시간이 또 올려놓고 간
덮개돌같이 무거운 인연,
심장을 헤집고 들어와
무표정한 나의 흙빛 얼굴에
빗살무늬를 그려대는 당신은
비의 손금을 갖고 있다

녹아버리는 그림

물가 얼음판 위에서 안개는
반투명의 등을 구부린 채 뒤돌아 앉아 있었다
새벽녘 피어난 무리에서 떨어져
혼자 남은 것인지
뒷모습이 조금은 어두워 보였다
발소리를 죽이고 다가가보니
안개는 뿌연 손가락을 풀어
얼음 위에 그림을 그려넣는 중이었다
손끝에서 하얀 연꽃이 피어나
꽃잎을 반짝이며 흔들리기도 하고
초승달이 잠시 떠올랐다가
빙점 아래 물속으로 가라앉기도 했다
그림이 늘어갈수록 안개는 옅어져
가뭇없이 사라져갔다 돌아보니
안개가 그려놓고 간 무늬만
얼음 액자 속에 끼워져 있었다
물이 체온을 찾기 시작하면
쉽게 녹아버릴 그림들 속에서
안개의 눈동자가 점점 얇아지고 있었다

빗물 사발

아무런 기척도 없이
가랑비가 내리던 날이었다
누가 거기 두고 갔는지
이 빠진 사발은
똑. 똑. 똑. 지붕의 빗방울을 받아
흙먼지 가득한 입을 열었다
그릇의 중심에서
출렁이며 혀가 돋아나
잃었던 소리를 되살려놓은 것
둥글게 둥글게 물의 파장이
연이어 물레를 돌리자
금간 연꽃도
그릇을 다시 향기로 채웠다
사람을 보내놓고 허기졌던 빈집은
삭은 입술을 사발에 대고
무너진 배를 채웠다

무덤덤하게

오늘 조금 더 삭아내린 발목뼈를 추슬러 네 등을 걸었다, 자전을 멈춘 행성의 뒤편, 아무리 심장을 돌려도 데울 수 없던 곳, 끝나지 않는 극야를 버티다가 끝내 영하의 체온으로 내려앉은 그곳에 가보기로 했다, 닿지 않는 바람을 긁어대던 어깻죽지 밑엔 밤마다 네가 갖고 놀던 그림자가 여러 겹 얼어붙어 있었다, 열 개의 빨간 손가락 수도꼭지를 모두 열어놓고 어루만져도 딱딱한 표정들은 풀리지 않았다, 우리 사이에서 입김만 길러내던 사랑이 다시 한번 무너져내렸다, 휘어진 등뼈를 따라 아프게 돌아가던 열두 개의 시계가 죽어 있었다, 나는 뼈 사이에 쌓인 눈송이를 긁어 우리의 무덤을 다독거렸다, 그저 무덤덤하게.

침엽수림

눈 위로 눈이 또 내립니다

한 번도 데워진 적 없는 바람을 들이마시고
당신의 입술은 얼어붙습니다

새들이 나이테 속 서늘한 돌림노래를 꺼내
숲속에 풀어놓는 동안

당신은 뾰족한 잎들을 하나씩 뽑아
손톱 밑에 낀 얼음을 긁어냅니다

통점을 잃은 상처들이 덧나서
끝도 없이 퍼렇게 번져갑니다

식은 손가락이라도 잡아보고 싶지만
따뜻한 피가 흐르는 나는

당신의 수목한계선을 넘을 수 없습니다

물방울 거미

한바탕 소나기가 지나간 밤
천장 모서리엔 물방울 거미가 태어났다
어디에 금이 갔는지 때때로
젖어들곤 하던 그 자리였다
얼룩으로 얽힌 거미줄이
또렷하게 되살아나 있었다
거미는 조금씩 배를 부풀리다가
한 방울의 온전한 몸을 갖추자
벽을 타고 바닥으로 향했다
물 자국을 길게 늘어뜨리며
그러나 시큼한 못 자국을 지나
맞대놓은 벽지 꽃잎에 닿는 동안
거미는 작아지고 작아지더니
끝내 모습을 감춰버렸다
벽지에는 흥건하게 젖어든
흉터만이 남아 있었다
사라진 물방울 거미가 어느새
내 눈에도 거미줄을 이어놨는지
눈꺼풀 속이 밤새 출렁거렸다

손 피리

오므라든 손
빈집처럼 체온이 사라졌던 손

악보에서 떨어진 새를 주워
그는 손에 넣고 키웠다

반대편 손 잔손금까지 긁어모아
새를 위해 촘촘히 깔아주었다

밥풀을 받아먹고
똥을 싸고
잠을 자면서
새는 끊긴 그의 손금을 이어가며
하루를 연주했다

오므라든 손 안에서
손금 가지들이 울창하게
다시 숲을 이뤘다

얼음소녀

안데스 산맥 얼음 속에서
잉카의 한 소녀가 걸어나왔다
온몸 구멍마다 구름 솜뭉치로
새나가는 시간 틀어막은 채
오백 년 전 얼굴을 내밀었다
머리카락 사이 꼬물대는 전생을
손톱 위에 툭툭 터뜨리며
썩지도 않는, 지루한 죽음에 대해
언 입술이 말했다
산 제물로 얼음 관에 든 후
눈 속에 쌓인 오백 년의 눈물이
끝도 없이 흘러나왔다
얼음 구덩이에서 그녀를 끌어내놓고
죽음을 해동시키는 동안
실핏줄마다 못다 핀 꽃들이
한꺼번에 피었다 떨어졌다
코끝에 고드름으로 매달린
마지막 숨결을 떼어내자 그때서야
소녀는 영원한 잠에 빠져들었다

도마뱀

　악수를 청했으나 당신은 팔목을 끊고 뒷걸음질했다, 대화
를 시도하면 말을 끊고 나팔꽃처럼 입을 비틀어 닫았다, 구
름이 토막 난 몸으로 붉게 흩어지자, 고무줄놀이처럼 명랑
하던 바람도 뚝 끊겼다, 우리는 탁자를 두고 앉아 꼬리 잘
린 별똥별이 뜨는 동안 말이 없었다, 침묵을 깨고 울리던 전
화도 수화기를 들면 소리를 감추고, 당신의 손은 한눈을 파
는 사이 다시 돌아났지만, 사라진 우리의 대화는 어디서 혼
자 허물을 벗고 있을까, 밀려들던 생각들도 째깍째깍 시계
초침의 가위질 소리에 닿자 급하게 탁자 밑으로 사라져버렸
다, 오늘을 끊어낸 자리 내일의 시간을 다시 붙여도, 우리는
늘 닿을 수 없는 거리에 있었다

여진

뒤늦게
꽃 한 송이 올라왔다

말라버린 물관으로는 더이상
입술을 적실 수 없어
코스모스는

몸을 쥐어짜내 겨우
빨갛게
꽃잎을 물들였다

장의사가 그려놓은
아버지의 마지막 입술처럼

무슨 말인가 하려는 듯
아무 말이 없었다

저녁이
따뜻한 햇살 한 줌
꽃의 입속에 넣어주었다

데스밸리

눈을 속이듯 비가 지나가면
목말랐던 짐승이며 사람이며
황야를 떠돌다 죽어간 바람까지
다시 깨어나는 시간이 온다
사막이 갈라진 입술로
영혼들을 하나씩 불러내는 것,
그들은 먼저 퍼니스크리크*에 모여
관절마다 낀 소금부터 씻어낸 뒤
제 발자국을 찾아 흩어진다
사막 양이 모래에 박힌 뿔을 캐내
이마에 대보는 동안
돌멩이를 끌고 고단하게 걷는
바람을 만나게 될 때도 있다
돌의 밑바닥에서 글자처럼 무늬처럼
뒤늦은 유언이 새겨지는데
누구도 그 뜻은 밝힐 수 없었다
그저 신기루보다 조금 선명한
죽음을 만났다는 말만 전해질 뿐,
모래의 물기가 마르고 나면
사막에 나타났던 영혼들도 다시
저를 지우며 사라진다

* '끓는 듯이 뜨거운 시냇물'이란 뜻을 갖고 있음.

식은 사과의 말

나는 심장으로부터 너무 멀리 와버린 사람, 몇 가닥 혈관만 남은 가지 끝에서 익기도 전에 물러버린 행성입니다. 당신의 맥박을 찾아 가끔 링거 줄에 맺혔다 떨어지는 유성의 힘으로 하루를 돌리고 나면 곪은 상처만 하나 더 돋았습니다. 도려낸 살점을 블랙홀에서 날아온 새들의 먹이로 건네주는 저녁, 발그레한 꽃잎의 기억은 노을 속으로 떨어져 쌓입니다. 한 겹 더 얇아진 중력으로는 이제 어떤 꿀벌도 부를 수 없습니다. 귓가에서 윙윙거리던 별들도 닿을 수 없는 거리까지 멀어지고, 이제 벌레들이 그려넣던 미로까지 막혀버리면 궤도를 지우고 잠들겠지요. 바람이 흔들 때마다 운석으로 남은 씨앗을 덜그럭대며 당신에게 닿아 있던 꼭지를 비틀 겁니다. 붉은 심장을 저버린 사람, 이제 당신의 별자리에서 나를 지워주세요.

비는 허리가 아프다

저녁 무렵에는 늙은 비가 내렸다
가로등 불빛이 침침해졌다
꽃잎의 불을 꺼버린 해바라기는
벽 쪽으로 조금 더 기울었다
비가 지나고 난 뒤
체온이 낮아진 방에 필요한 건
혼잣말을 덮어줄 담요 한 장,
책장 위에 올려둔 모과도
검은 페이지가 조금 더 늘었다
향기를 잃어버린 사람들은
비의 파장 속으로 들어가 숨고
젖은 고양이처럼 바람이
백태 낀 혀로 골목을 핥고 있었다
새가 벌어지기 시작한 창틀과
부쩍 잔기침이 늘어난 창문과 함께
웅크려 누워 있으면
지나간 비는 허리가 아팠다

오늘의 버스

그러고 보니 버스에는 번호판이 없었지, 한쪽에만 흐르는
속도, 오른쪽 창의 간판들이 가속도 붙은 이별을 고할 때,
왼쪽 창엔 나팔꽃이 입김으로 그림을 그렸지, 내려야 했지
만 하차 벨 밑에 붙여놓은 문구, 충혈된 눈을 감고 잠들었
으니 건드리지 마시오, 철판으로 막아놓은 운전석의 기사는
아무리 불러도 대답이 없고, 뒷문이 없다는 사실도 그때 알
았지, 임산부석의 할아버지가 남산처럼 불러온 배를 두드리
며 웃고, 노약자석의 아기는 헐어버린 잇몸으로 오물오물
울고, 손잡이는 사람들의 손금을 한 올씩 빼먹으며 살이 올
랐지, 오른쪽 창가에서 사라지는 가로수 숫자를 세다가, 왼
쪽 창가로 와 시퍼런 나팔꽃 입술에 손가락을 올려놓다가,
노선도의 지워진 정류소명은 도무지 떠오르지 않았지, 누구
도 덜컹이지 않는 버스, 브레이크와 가속페달 사이에서 휘
청대는 건, 손목을 건너고 있는 나의 맥박뿐이었지.

날다

깨진 부리엔
핏방울이 따뜻하게 맺혔다
아스팔트가 파닥파닥
비둘기의 날갯짓을 받아먹는 동안
유언처럼 남은 밥알들은
햇빛에 딱딱하게 굳어갔다
구, 구, 구, 구, 구, 구
끼니를 구걸하던 창자가
그 질긴 속을 드러냈다
죽음은 마지막 욕망으로부터
손을 놓는 것,
그러나 바람이 불어오자
깃털 하나
본능을 다 버리지는 못했는지
사뿐히 날아올랐다

얼음이라는 과목

얼음은 또 처음이다
생후 구 개월 고양이 산문이는
혓바닥 위에 얼음 조각을 올려놓고
얼음, 서툰 글씨로 적어본다
자꾸만 미끄러진다
쓰면 쓸수록 녹아 사라진다
난감한 눈,
사라지는 것에 익숙해지려면
얼어붙은 구름을 꼬리에 감고
한 계절을 또 열심히 뛰어야겠지
얼음과 물 사이에
어제는 없던 울음이 생겨난다
누추한 처마의 고드름처럼
발톱이 조금 더 자라난다
굴리던 얼음이 다 녹아버리면
다음 과목은 흥건한 바다,
이제는 좀 쉬었다 이어가자고
장판의 물기를 닦아낸다

알약

병실에서는 TV까지도 환자다
오백 원 알약 하나를 받아먹고 나서야
춤추고 노래하는 예쁜 네 얼굴
할머니들은 아픈 TV를 끼고 앉아
손자 손녀 재롱잔치라도 보는 듯
식은 눈동자를 초롱초롱 되살린다
하지만 알약의 약발은 겨우 삼십 분
기다렸던 드라마 시작과 함께
TV는 미지근해진 심장을 끄고
다음 순번의 할머니가
뒤적뒤적 숨겨둔 지갑을 꺼낸다
빨리 되살리라고, 숨넘어가겠다고
재촉해대는 말들 사이에서
바쁘게 알약을 찾아 TV에게 먹인다
언제 그랬냐는 듯 밝아진 화면
잠시 또 어둠이 걷히는 병실
겨우 연장시킨 시간도 순식간이다
내일을 기약하며 드라마가 끝나면
기약 없는 내일이 침대에 드러눕는다
지루했던 시간을 죽이고 나니
브라운관처럼 어두운 밤이 찾아온다

의자만 남아서

좀처럼 말이 없던 의자인데요, 당신이 떠나고 난 뒤 부쩍 말이 늘었습니다, 이제는 바람의 기척에도 빠짐없이 대꾸를 합니다, 쇳내 나는 말들은 못처럼 삭았는데요, 잠 못 들던 당신의 술주정인지, 마른 혀로 겨우 밀어내던 유언인지, 아니면 햇빛처럼 먼지처럼 떠돌던 영혼이 발소리 같기도 한데요, 삐걱삐걱 그 말들 알아들을 수 없습니다, 검은 바람이 구겨져 있던 당신 어깨처럼 웅크린 의자, 당신의 시선이 머물기 좋아하던 목련 가지엔 거미줄만 흔들리고, 몇 꺼풀의 계절을 벗겨낸 낮달이 흔들리며 꽃잎처럼 말라가고, 의자는 또 옹이 속에서 딱딱한 목소리를 꺼내놓습니다. 당신의 식어가던 말들이 귓속에 들어와, 삐걱삐걱……

보시

개구리는 알을 낳고는
그 옆에
제 몸을 뒤집어 식탁을 차려놓았다

알에서 깨어난 올챙이들이 몰려들어
지금 뜯어먹고 있는
저것은,

저녁마다
울음을 부풀리던 사람

조용하던 물살이
작은 풍경 소리에도 마구 흔들렸다

두 개의 무덤

안약을 떨어뜨려도 말라버린 눈에는
오아시스가 솟지 않았다
싱싱하던 꽃들이 모래를 토해놓은 채
뿌연 동공 속에서 시들고 있었다
화분은 어질어질 아지랑이를 기르고
터번을 뒤집어쓴 창문은 종일
모래폭풍의 예감으로 들썩거렸다
손금이 키워낸 가시들을 뽑아내다가
아득한 바닥의 발소리를 들은 듯
묻어둔 낙타를 찾아 장판을 걷어냈으나
그 속엔 이미 개미지옥만 가득했다
때를 만난 듯 시집 속 뼈만 남은 글자들이
책장들을 들추고 일어나 나란히
장판 밑구멍 속으로 걸어들어갔다
모래로 가득한 두 개의 눈은
아무리 굴려도 맑은 별빛을 볼 수 없었고
누군가 방을 뒤집어놓을 때마다
낮에서 밤으로, 밤에서 낮으로 떨어지며
똑같은 지옥이 만들어졌다

콘도르

새는 태양을 깨고 날아올랐다

깊이가 없는 꼴까 계곡 바닥까지
빛나는 태양의 껍질이 쏟아져내렸다

속속들이 환해진 안데스 산맥,
영하로 얼어붙었던 밤이 녹아내리면서

새의 날개 밑에 사는 부족민들은
또 하루의 축제를 시작했다

새의 날갯짓에 따라 엎치락뒤치락
기류는 상승과 하강을 뒤바꾸고

삼뽀냐에서 빠져나온 소리들은
기류를 타고 저절로 음악이 되었다

코카 잎으로 지워둔 뼛속 통증들도
둥글게 손을 잡고 춤을 추었다

태양이 껍질을 모두 벗고 나서야
부족민들은 축제를 마무리했다

또다른 날의 태양을 낳기 위해
안데스는 다시 어둠을 가져다 품고

새는 노을 속으로 날개를 묻었다

겨울, 거울

　얼굴 가득 피어난 성에를 닦아주자 거울 속 그가 입을 열었다. 헐렁한 그의 옷자락이 분명 흔들렸는데, 바람은 아닌 듯했다. 모서리 틈 어디에서도 펄럭이는 소리가 들리지 않았다. 퍼런 입술을 움직여 만들어내는 그의 말들도 사실 맺혔다가 흐르는 물방울이었다. 얼어버리기 전에 읽지 못하면 영영 놓치고 말 목소리에 대고 입김을 불어대며 서 있을 때, 가까이 더 가까이 와봐! 낚싯바늘을 꿴 그의 시선이 줄을 잡아당겼다. 시간의 뒷면에 발라놓은 수은 때문에 결코 들어설 수 없는 곳, 유리의 간격을 두고 입술과 입술이 맞닿는 순간 우리는 쩍, 달라붙고 말았다. 서늘한 온도의 접착력에 놀라 뒷걸음을 쳤지만 입속의 혀까지 이미 얼어버린 뒤였다. 그가 유리에 찍힌 핏자국을 핥으며 처음으로 웃었다. 미소 짓는 얼굴에 검은 띠를 둘러주자 허름한 영정사진이 만들어졌다.

풀칠을 한 종이봉투처럼

잘못 적어놓은 주소가
수취인도 없는 이곳에 나를 데려다놓았다

수많은 밤 그렇게 도려내도
발뒤꿈치에 선명한 아버지의 필적,

세월이 올려놓은 우편료만큼
오늘도 상처 옆에 상처 하나를 더 붙이고

내가 뜯어볼 수 없는 내 속이
너무도 궁금해 반송하려 해도

아버지의 주소는 세상에 없다

제2부

물먹은 책

빗물을 받아먹은 수십 장의 입술은
쭈글쭈글 불어 있었다

나는 빗물로 붙여놓은 그의 입술을
아슬아슬 떼어내며 읽었다

납작하게 눌려 있던 말들이
젖은 오후에 대해 중얼거리기 시작했다

입속을 가득 채운 문장들은
씹어도 단물이 배어나오지 않고

책장 넘기는 비린 소리를
고양이가 쫑긋 귀를 펼쳐 주워먹었다

빗물이 그려놓은 얼룩이 선명해질 때까지
입술마다 흐느낌이 새어나왔다

다만 표지는 두꺼운 입술로
아직 침묵을 유지하고 있었다

응시

빨랫줄의 명태는
배를 활짝 열어둔 채
아직 가시 사이에 박혀 있는 허기마저
말려내고 있었네
꾸덕꾸덕해진 눈동자를
바람이 쌀쌀한 혀로 핥고 갈 때도
결코 흔들리지 않았네
꼬리지느러미에서 자라난 고드름
맥박처럼 똑. 똑. 똑.
굳은 몸을 떠나가고 있었네
마루 위의 누런 고양이
한나절 미동도 없이
자리를 지켰네
빨랫줄을 올려다보는 동안
고양이는 촉촉한 눈동자만 남았네
허기를 버린 눈과 허기진 눈이
서로를 응시하고 있는
참 비린 한낮이었네

봄비에 젖은

약이다
어여 받아먹어라
봄은
한 방울씩
눈물을 떠먹였지

차갑기도 한 것이
뜨겁기까지 해서
동백꽃 입술은
쉽게 부르텄지

꽃이 흘린 한 모금
덥석 입에 물고
방울새도
삐! 르르르르르
목젖만 굴려댔지

틈새마다
얼음이 풀린 담장처럼
나는 기우뚱
너에게
기대고 싶어졌지

기타 고양이

길 잃은 아기 고양이는
기타 속에 들어가 몸을 눕혔다

끊어진 바람을 묶어 새벽이
다시 골목을 조율하기 시작했다

현악기 속의 관악기가 야아옹
울음 밖의 음악이 야아옹

울림통이 깨진 기타와
눈만 살아서 두려운 고양이가 만나

서로의 악보 속 사라진 음표를
다시 그려넣는 것인데,

늘어진 탯줄과 기타줄을 엮어
이어가는 연주를 듣다가

음계를 잃어버린 골목의 계단도
조금씩 술렁이기 시작했다

암각화

소주 한잔 같이 기울이자고
바위 속 남자를 불러냈어요
옷걸이에 활과 화살집을 걸어놓고
앉는데 그의 발목 복사뼈에서
돌조각이 몇 개 떨어지네요
마지막 사냥 늑대에게 물린 자국이라며
딱딱한 입술로 술잔 비우고
아무렇지 않게 말해요, 오히려
사슴들 내달리는 푸른 초원과
물고기 가득한 강이 옆에 있으니
세상 부러울 게 하나 없대요
그것보다 나의 가슴 벽에 지워진
암각화 사연이 더 궁금하다고,
어젯밤 눌러 꺼버린 별에 대하여
차마 털어놓을 수가 없어서
나는 또 쓰디쓴 술을 넘겨요
금이 가기 시작한 눈동자에
미지근한 소주가 한 방울 맺혀요
날이 밝자 그는 그림 속으로 돌아가고
술에 취한 나만 혼자 남아서
부스러진 가슴을 긁어내고 있어요

유고 시집

첫눈이 제법 내린다고 창을 열라고
너의 영혼이 중얼거렸다
읽던 책을 덮어놓고
구름의 두께가 얇아질 때까지 나는
흩날리는 바깥을 방안에 들였다
저 많은 눈송이 사이에 섞여
너도 창턱을 넘어올 것만 같아서
수줍게 웃는 눈송이들을 골라
책 위에 모아두었다
영혼의 무게로 내려앉은 눈들은
대개 지상에 닿자마자 녹아 사라졌지만
표지에 올려놓은 것들 중 몇은
분홍색 흐느낌*을 지우고
페이지마다 가만히 들어서기도 했다
눈이 멈추고 새벽이 그치고
다시 펼쳐본 시집 끝자락마다
너의 맑은 눈주름이 남아 있었다

* 고 신기섭 시인의 유고 시집 제목.

번개가 울던 거울

우리집 거울 속에는 번개가 살았지요. 멍멍 짖지도 못하는 개. 하지만 얕봤다가는 큰일이 났지요. 얼굴에 자기도 모르는 새 금이 갔지요. 장맛비 쏟아지던 어느 날 아버지가 그 개를 데려왔지요. 목줄을 질질 끌고 와서는 거울 속에 억지로 집어넣었지요. 안 들어가려고 버티던 개는 주먹 한 방에 와장창 나가떨어졌지요. 그뒤 아버지는 또 장마를 걷어 사라지고. 한동안 유리 사이로 빨간 울음이 새나왔지요. 목 가죽이 벗겨진 생울음이었지요. 그때부터 우리에게 거울은 일종의 금기. 파리똥이 죽은 별자리를 그려놓을 때까지 피해다녔는데요. 소리가 잠잠해질 무렵부터 그 개가 몹시도 궁금해졌지요. 쓰고도 달콤한 호기심을 거부할 수 없어 나는 결국 금기를 깼지요. 모두 잠든 틈을 타 거울에 다가갔던 건데요. 거울의 눈빛과 마주하는 순간 번개는 나를 감전시켜놓았지요. 틈을 놓치지 않고 눈 속으로 뛰어들어왔지요. 술을 마시면 더 사납게 짖어대는 개, 나의 두 눈도 점점 금이 가기 시작했지요.

고양이와 커피

야옹, 고양이는 턱시도를 차려입고 손님을 맞는다. 잘려
나간 꼬리를 살랑거리며, 오늘은 스피커마다 노래하는 입술
이 덥네요. 아이스가 필요하시죠? 동공을 열어 얼음을 꺼내
더니 퐁당, 컵 안에 넣는다. 스푼을 따라 돌면서 서서히 녹
는 눈동자, 유리컵 바깥쪽에도 투명한 눈알들이 맺힌다. 저
으면 저을수록 쓴 울음이 진하게 우러날 거예요, 우리집 커
피는 울음을 음미하며 마시는 커피죠, 야옹. 이런 거 처음이
시라고요? 고양이는 창턱으로 올라가더니 구름 한 숟가락
을 떼다가 커피 위에 올린다. 잘못해서 목을 할퀴면 안 되
니까요, 이러면 좀 부드럽게 마실 수 있죠. 시계 속의 초침
이 야옹 야아옹 야아아옹 조금씩 느려진다. 화분 속 꽃들이
입을 크게 벌리고 연신 하품을 해댄다. 자 그럼 오늘도 우울
한 시간 되세요. 창문이 텅 비었네요. 저는 구름도 더 주문
해놓고 다음 손님을 위해 울음도 더 볶아놔야겠어요. 고양
이가 사라진 쪽 주방 출입문에 꼬리만 남아 자꾸만 가라앉
는 카페 공기를 젓는다.

혼자서 포장마차

오늘의 술자리 막잔은
썰렁한 포차에서 들려 합니다
내가 포기했던 내게
소주도 한잔 권하면서
조용히 할말이 많습니다
비닐 창의 물방울처럼
쉴새없이 맺혔다 흘러내리는 나를
오늘은 다 받아줄 참입니다
그러나 탁자 맞은편의 나는
내내 어두컴컴한 얼굴
좀처럼 말문을 열지 않습니다
나는 맞은편 나의 술잔에
백열등 불빛을 조금 타 넣고
건배! 건배! 건배는
혼자만의 구호가 됩니다
모두 흘러내린 비닐 창으로 보니
가로등 앞의 나무도
그림자를 눈밭에 눕혀놓은 채
혼자서 떨고 있습니다

그늘진 얼굴

앨범 속 사진들을 꺼내
당신들의 나를 오려냅니다
흑백 얼굴의 쌍둥이 동생은
이제야 잃어버린 반쪽을 채워
온전한 한 사람이 됩니다
가족사진을 채운 딱딱한 침묵도
내가 사라지자 입을 풀고
즐거운 대화를 시작합니다
잘못 지나간 가위질에
당신들의 옷깃이 잘려나가도
나와 스친 인연은 이미 잊었다는 듯
누구도 돌아보지 않습니다
언제나 나라고 믿었던 그대도
잠시 당황스러운 표정을 버리고
발걸음 가볍게 떠나갑니다
방바닥에 버려진 얼굴,
그늘 가득한 나를 나란히 놓고
햇빛으로 박박 지워댑니다
그늘은 지워지지 않고
햇빛만 시커멓게 때가 낍니다

나이테 원형극장

나이테를 따라
그루터기는 조금씩 허물어지고 있다
목심(木心)을 중심으로 둥글게
계단이 만들어졌다
죽음이 마지막 힘을 모아
축조해놓은 극장,
가끔 새들이 찾아와
뭉툭한 부리를 갈며
발성 연습을 하곤 한다
그 외엔 너무도 조용한 극장,
고대의 바람이 불어가자
나뭇잎 하나
극장의 중심에 내려앉는다
검투사가 목숨과 함께 흘리고 간 칼처럼
벌겋게 녹슬어 있다

달리는 심야 수족관

  얼어붙은 겨울밤을 수족관이 달린다, 난류의 흔적을 쫓아
가속페달을 밟는다, 머리 위로 손잡이가 방울방울 흔들리
는 수족관, 부레를 잃은 물고기들은 비워둔 심장으로 부력
을 얻는다, 잠 속에 깊이 가라앉았다가도 아가미처럼 빨개
진 눈을 껌뻑거리며 간신히 출렁이는 물살에 다시 몸을 싣
는다, 어떤 물고기들은 유리에 피어난 성에를 긁어 비늘이
떨어진 자리에 붙여놓기도 한다, 살갗 깊숙이 피어나는 얼
음꽃 때문에 바르르 지느러미를 떨기도 한다, 바퀴에 수족
이 묶인 채 흔들리는 수족관, 몸속 가시의 노선도를 버티느
라 등이 휜 물고기가 수족관을 열고 가로등도 꺼진 심해 속
으로 사라진다, 겨울밤이 한 겹 더 얼어붙는다

달리는 심야 영화

이제부터 무성 영화의 시간,
문이 닫히면 극장은 시동을 건다
서울에서 대전까지 한 시간 사십 분
화면 밖으로 이탈하지 않으려면
좌석마다 안전벨트를 매야만 한다
몇 겹의 어둠이 깔린 스크린은
한쪽으로 고개를 돌려야 볼 수 있다
그러나 영화 속 이야기가 궁금한 건
마음이 무거운 사람뿐, 대부분은
객석 조명이 꺼지기도 전에 눈을 감는다
배경은 쉬지 않고 바뀌어도
인물은 늘 그 자리, 낯설고 익숙한 얼굴
몇몇은 세상에 없는 사람처럼 앉아서
흐릿한 제 눈동자를 뒤적이며
빗방울이 흘려놓는 자막을 읽는다
때로 뿌옇게 습기가 찬 화면을 닦다보면
지문 속에 먹구름이 오버랩된다
영사기에서 풀린 길이 덜컹거려도
무심해진 심장은 쉽게 놀라지 않는 영화관
스크린 너머로 비상구 표지등처럼
가느다란 초승달이 혼자 빛난다

유령 소리*

모래알 사이 음들이 흘러나왔다
물기 없이 잘 마른 소리,
사막이 펼쳐놓는 노래 속에는
어떤 화음도 스며들 틈이 없었다
신기루 사이에서 태어난 유령은
전갈자리 독침처럼 차가운 별빛으로
누구도 연주하지 못할 악보를 지어냈다
노래를 오래 들은 대상 행렬은
뿌연 먼지와 함께 풍경에서 사라져갔다
누군가는 유령의 정체를
오래전에 흐르던 강물이라고 했다
또 누군가는 떠돌이 구름이 묻어둔
빗줄기의 악기라고도 했다
어쨌거나 유령이 흥얼거릴 때마다
사막 뱀들은 더 독이 올랐다
선인장도 가시를 날카롭게 갈았다
물 한 방울 적셔주고 싶은 그 소리,
유령의 손가락이 모래를 쓸어내리면
태양도 종일 부릅뜬 눈을 감았다

* 전 세계 삼십여 개 사막에서 들을 수 있는 일종의 부밍 현상.

겨울의 노래

고드름처럼 자라난 손톱을 똑똑 부러뜨리며 집들이 박자를 넣어요. 바람은 언 입술을 열어 노래하고요. 어슬렁어슬렁 리듬을 탄 고양이들도 겨울밤의 오선지를 오르내리죠. 가끔 엇박자에 미끄러진 고양이가 니야옹, 서늘한 불협화음을 만들기도 해요. 밤하늘 얼음처럼 박힌 별들이 녹아내릴 때까지 끊이지 않는, 듣기만 해도 귀가 시려오는 노래. 수면제를 삼킨 어둠은 혼자서 잠들고, 나는 골목의 노래를 조용히 따라 불러요. 관절 마디마디에 겨울 음표들을 채우고 나면 뻘건 내 눈에도 성에가 끼겠죠. 핏줄 속을 돌고 돌던 당신의 목소리도 꽁꽁 얼려둘 수 있겠죠. 아침이 밝기 전에 겨울 노래를 다 익혀야 해요. 도돌이표 사이 반복해 흐르던 불면의 밤이 이제 그만 멈출 수 있도록.

퇴행성관절염

낮달이 갈라진 손톱으로
서쪽 하늘을 긁어대면
살비듬 같은 바람 불었습니다
할머니는 쪼그려 앉아
담 그늘 봉숭아들 발갛게 부어오른
무릎을 주무르고 있었습니다
너도 너무 오래 서 있었구나,
맥이 잡히지 않는 잎
한 장씩 떼어내다가
까맣게 익은 통증에 타다닥
허리 뒤틀기도 했습니다
떨어진 꽃잎들의 말이
흙바닥에 저물고 있었습니다
할머니는 빛바랜 입술 쓸어모아
명치에 담아놓고
마당에 남은 햇살을 골라
꽃의 관절마다 꽂아주었습니다
봉숭아 마지막 꽃물을 짜
할머니 눈에 풀고 있었습니다

점. 점. 점. 씨앗

아이는 텃밭에 앉아 있어요
간격 맞춰 파놓은 구멍 속엔
하지만 심을 게 없어요
한 움큼 쥐어온 씨앗들은
손을 펴는 순간 모두 날아갔어요
무엇을 심어야 하나 둘러보니
점. 점. 점. 지나가는 개미떼
아이는 구멍마다 한 마리씩
개미를 넣고 흙을 돋워요
한 고랑을 다 채울 때까지
꼬물대는 씨앗은 줄지 않아요
물 뿌리고 기다리다보면
저 가느다란 개미 허리에서
반짝이는 날개라도 피어날까요
손을 털고 일어나는 아이를
삐이걱, 양철 대문을 열고
저녁이 몰래 바라보고 있어요

불어터진 새벽

주머니마다 뒤집어놓고 찾아도
열쇠 꾸러미는 나오지 않았네
신문지에 덮인 자장면 그릇과 함께
현관문 밖에 쪼그려 앉아
불어터진 골목을 뒤적거렸네
가로등 불빛이 만들어낸 그림자들은
말을 걸어도 아무 대답이 없고
바람은 쓰윽 내 얼굴을 핥더니
사색이 되어 모퉁이로 사라졌네
누군가 베어 문 단무지 조각처럼
구름 사이에 달이 버려져 있었네
한 가닥 희망을 부풀릴수록
벽들은 더 두꺼워지고
중얼거리던 말문도 닫히고 말았네
허기를 채우고 난 사랑처럼
나를 찾아가는 사람은 없었네

얼음이 자란다

추운 잠을 자고 일어나면
보일러 배기통 밑에는
얼음의 순이 한 뼘 더 자라 있었다
낮은 지붕의 골마다 고드름도
더 날카롭게 칼을 갈며
아침의 폐부를 찌르곤 했다
겨울만 되면 골목이
미로의 동굴처럼 막막해지는 건
얼음이 거는 최면술 때문,
갈수록 노련해진 겨울은
삼한사온의 뻔한 술법을 버리고
새로운 조합의 바람으로
얼음 동굴을 넓혀갔다
박쥐처럼 날개를 웅크린 노인들은
벽 틈새 끼어 있는 햇볕을 긁어모아
굳어가는 관절에 펴 바르고
아이들은 식은 입김을 불며
눈 속에 동굴의 어둠을 익혔다
한랭전선이 자리를 잡은
우리들의 마을에서 무럭무럭
오늘도 자라는 건 얼음뿐이었다

그물침대

밤의 불빛으로 짠 그물침대에
날아와 누운 나비가 있어

날개 무늬에 매니큐어를 덧바르다가
흔들흔들 잠이 들었어

고치 속으로 들어가
다시 태어나고 싶다고 했어

숨결 잠잠해진 그녀에게 다가가
손가락부터 풀어 고치를 만들어주었지

고치 안에 빨대를 꽂고
흔들리는 꿈은 다 뽑아주었지

한번 잠들면 깨어나지 못하는 침대
너무도 안락한 침대 위에서

그럼, 너도 잘 자!
그녀의 인사가 헐렁하게 식어갔어

그림자 사업

　　저의 직업은 그림자 소매치기입니다. 뒷모습을 버린 사람들에게서 그림자를 슬쩍하는 건 아주 손쉬운 일이지요. 뒤따라다니며 주사기를 대고 쭉 빨아올리면 그것으로 그만이니까요. 놀라 뒤돌아보던 사람도 홀쭉해진 그림자를 알아보는 일은 없습니다. 증거도 없이 멱살부터 잡는 놈이 가끔 있지만 미리 덩치를 불려둔 바닥의 나를 보여주면 열이면 열 꽁무니를 빼고 도망가지요. 그렇게 모아온 그림자들은 농도에 따라 나눠 얼려둡니다. 조울증을 다스리는 귀한 약이 되기도 하거든요. 조증이 최고치에 달했을 때 투여하면 그야말로 직방이지요. 가끔 가난한 사람들이 밤의 어둠도 그림자라고 잘못 뽑아 수혈했다가 별빛에 찔려 목숨을 잃었다는데, 그래서인지 찾는 사람들이 많아져 벌이가 쏠쏠합니다. 어떠세요. 저와 손잡을 생각 없으신가요?

칠월 무지개

장마의 마지막 빗방울 속에서
빨주노초파남보, 칠두사가 깨어났어요
머리가 잘리면 그 자리에
두 개의 머리가 다시 자란다는 뱀,
물리자마자 희망에 중독된 채로
월화수목금토일, 입은 제 꼬리를 물고
낮과 밤을 돌고 돌게 된다죠
닿지도 못할 당신을 중심에 두고
자전과 공전을 반복하면서
새 허물을 수없이 벗어놓겠죠
도레미파솔라시, 칠월 우리의 노래엔
뱀이 기어간 흔적을 따라서
냉혈의 리듬이 그려져 있어요
잘못 입에 올렸다간 일곱 개 음계 속
끝나지 않는 허밍을 읊어야 해요
해가 지고 무지개는 끝났다고
절대 방심하지 마세요 아주 드물지만
달빛에도 눈뜨는 뱀이 있대요

정전기가 있었다

미지근한 심장을 품고
잠을 뒤척이던 새
헐거워진 점퍼를 빠져나왔다
그러나 새는 달아날 생각도 잊었는지
떼어 놓아주어도
다시 떼어 날려보내도
되돌아와 사라진 부리만 찾았다
극과 극에 머물던 깃털과 나
사이에 어느새
정전기처럼 위험한 울음이 통했다
새는 몸을 찾지 못해
나는 새가 되지 못해서
서로에게 이끌리고 말았다
무거운 발걸음 뒤뚱뒤뚱
깃털 빠진 어머니를 뵈러
고향에 가던 길이었다

눈사람 스텝

골목을 휘젓고 간
아이들 어지러운 발자국 끝에는
눈사람이 둘

막대기 입술 가려웠던 사람과
돌멩이 눈이 침침했던 사람

골목의 마지막 불이 꺼지자
몸속에 숨겨둔 손과 발을 꺼내놓네

잡은 손 녹는 줄도 모른 채
아이들 발자국마다 발바닥을 맞추며
겨울의 스텝을 밟네

말로는 다 할 수 없는 말이
보아서는 볼 수 없는 시선이
골목을 채우고 있네

가로등 조명이 꺼지고 춤이 끝나자
함박함박 박수가 쏟아지네

녹아도 좋은 날

나무 그늘을 뒤적여
눈을 긁어모으는 동안
오래 쓴 그의 살가죽에는
다시 핏기가 돌았다

주름으로 늘어진 얼굴
꾸욱 힘을 다해 누르니
뭉툭한 손 안에서
새하얀 아기가 태어났다

나지막한 담장에
눈사람을 뭉쳐 세워놓고
뭐가 그리 좋은지
그의 웃음 때문에 날이
조금 더 환해졌다

서로의 눈을 맞대고
휴대폰 셔터를 누를 때마다
웃음은 함박함박
그 송이가 늘어갔다

눈사람도 그도
웃다가 그대로 녹아버릴 것 같아

그래도 좋을 것 같아
새들은 자리를 비켜주었다

저녁의 퇴고

앉은뱅이 밥상을 펴고
시 한 편 다듬는 저녁,
햇살이 길게 목을 빼고 와
겸상으로 앉는다
젓가락도 없이 시 한 줄을
쭈욱, 뽑아들더니
허겁지겁 씹기 시작한다
너무 딱딱한 단어 몇 개
가시처럼 발라내놓고
익지 않은 수사들은
퉤퉤 뱉어내놓고,
넘길 게 하나 없었는지
잇자국 가득한 언어들
수북이 밥상 위에 쌓인다
노을보다 더 벌게져서
얼른 창을 닫고 돌아오니
시는 시대로 나는 나대로
발목을 잃은 앉은뱅이,
먹을수록 허기진 밥상은
잠시 물려놓기로 한다

겨울눈

그날은 나무와 눈이 맞았다
한동안 뿌리 근처를 서성이며
내가 불쌍한가, 나무가 더 불쌍한가 가늠했다
처음에 잎도 하나 없는 나무 쪽으로
연민의 무게가 기울었다
아버지는 떠났지만 아직 어머니가 남아 있고
바람 잘 날 없었지만
이제는 바람에도 이골이 났으므로
나무에 비하면 나는 아무것도 아니었다
그러나 나무의 눈과 마주친 뒤
아무것도 아닌 게 아니었다
나무는 솜털 덮인 눈, 따뜻한 눈으로
터무니없는 내 생각을 지켜보고 있었던 것
우습다는 듯 우습다는 듯
첫눈은 가지마다 내려 쌓였고
그날 겨울눈을 준비하지 못한 나는 그만
나무 밑에서 오도 가도 못했다

제3부

말없는 책

하얗고 매끈한 혀,
책은 수백 장의 혀를 펼쳐 보였네

사람들은 책갈피마다 드나들며
오감의 문장을 새기고 돌아갔네

그런데 어느 날부터
한 장의 혀가 썩기 시작했네

그 혀와 말을 섞은
또 한 장의 혀에도 냄새가 났네

가만 살펴보니 거기
독니를 지닌 문장의 허물이 남아 있었네

책은 몇 장의 혀를 뜯어내고도
한동안 아무 말도 할 수 없었네

거품벌레

톱니바퀴에서 바퀴벌레가 깨어나
젖은 시곗바늘을 다시 돌렸다
초침 분침 시침 끝에서 크기가 다른
거품들이 차례로 굴러나왔다
서둘러 식사를 끝마쳐야 할 시간,
노을 자국이 남아 있는 그릇과
구름이 말라붙은 숟가락을 쌓아놓고
당신은 어두운 설거지를 시작했다
수도꼭지에서 어제 내리다 만 비가
둥근 파문을 그리며 떨어졌고
잘 닦이지 않는 저녁을 문지르는 동안
마당에는 수천 겹 달이 부풀었다
당신은 그제야 그릇과 숟가락도
공전과 자전 사이 잘못 태어난
거품의 한쪽 모서리였음을 깨달은 듯
얇아진 눈망울을 터뜨렸다
식기건조대에 나란히 포개놓은 것도
손끝 물집을 닮은 거품이었다
둥글게 말린 당신의 등에는
어린 거품이 얼굴을 묻고 잠들어 있었다

도비왈라*

겹겹 허물을 지고 와
오늘도 강에 발을 담그네

빨랫돌이 모두 닳아 사라지지 않는 한
물의 족쇄는 벗을 수 없네

헌옷이 날개가 될 수 있도록
돌리고 치대고 짜내다보면
물살에 깎여 조금씩 얇아지는 뼈

널어놓은 구름이 바싹 마르는 동안
금이 간 발바닥으로
흐려진 신들의 목소리가 스미네

잘 다려진 다음 생을 위해
현생은 빼내야 할 얼룩 같은 것

물결이 흘러간 자리
또다른 물결이 빨랫감처럼 쌓이네

물길도 정해진 계급이 있어
나의 강은 바닥으로만 흐르네

* 빨래를 하는 사람, 인도에서는 카스트 제도의 최하 신분인 수드라에도 미치지 못하는 취급을 받는다.

무한 락스

몇 방울만 떨어뜨리면
오래 묵은 얼룩도 문제가 되지 않았다

화병 속 더러운 꽃들은
새하얀 꽃잎을 다시 펼쳐놓았다

손바닥 손금 사이 찌들어 있던 운명이
스르르 녹아내렸다

눈물보다 독한 그 냄새
가끔은 매스껍게 속을 뒤집어놨지만

윤기가 나는 밤을 위해 다시
가사를 지워버린 콧노래와 즐거운 락스

잠시 담가놓기만 해도
깜깜했던 밤이 말끔하게 탈색되었다

끝나지 않은 전생이 축축하게 흘러들어
곰팡이를 피우는 날엔

때가 낀 배꼽 속에도 한 방울
락스를 풀어놓고 잠이 들었다

아침에 버린 이름

오래 찾아 돌아다닌 명찰은
건조대 외투 안주머니에서 나왔다
온갖 빨래들 사이에서
풀코스 세탁을 거친 것인데
물로 씻은 길상호는
잉크가 얼룩진 채 젖어 있었다
습기 가득한 명찰을 목에 걸고
아침이 두통처럼 무거워졌다
깨끗한 이름으로 살고 싶었으나
희미하게 번지기만 하던 날들,
젖은 이름을 빼 말리려다
나는 그만 찢어지고 말았다
이름을 버린 오전 현관문 앞에는
수신인을 잃어버린 편지가
빗물에 퉁퉁 울어 있었다

손톱 속의 방

쓸쓸하게 배가 아픈 밤
손을 따고 들어가보는 방

손톱의 창에 박혀 있던 가시는
곪은 바람을 또 불러들이고

명치에 쌓인 나를 쓸어내리며
당신은 아무 말 없네

어둠이 죽은피처럼 고여
끈적거리는 그 방안에서

끊어진 손금 묶어 이으면서
당신이 보랏빛으로 떠는 동안

창 너머 하늘에 따끔
차가운 별 하나 돋아나네

서서히 굳는 핏방울과 함께
스르르 닫히고 마는 방

손톱 속에 당신을 묻고
나는 다시 나의 손금을 사네

그늘에 묻다

달빛에 슬며시 깨어보니
귀뚜라미가 장판에 모로 누워 있다
저만치 따로 버려둔 뒷다리 하나,
아기 고양이 산문이 운문이는
처음 저질러놓은 죽음에 코를 대고
킁킁킁 계절의 비린내를 맡는 중이다
그늘이 많은 집,
울기 좋은 그늘을 찾아 들어선 곳에서
귀뚜라미는 먼지와 뒤엉켜
더듬이에 남은 후회를 마저 끝냈을까
날개 현에 미처 꺼내지 못한 울음소리가
진물처럼 노랗게 배어나올 때
고양이들은 죽음이 그새 식상해졌는지
소리 없이 밥그릇 쪽으로 자리를 옮긴다
나는 식은 귀뚜라미를 주워
하현달 눈꺼풀 사이에 묻어주고는
그늘로 덧칠해놓은 창을 닫았다
성급히 들어오려다 창틀에 낀 바람은
다행히 부러질 관절이 없었다

잠잠

낮과 밤이 등을 맞대고 앉아
서로를 외면하던 날들은 지났다
계절이 가고 또 지나고 보니
다짐은 그리 단단한 것이 아니었다
모래를 덮어쓰고 해당화 시들기도 전에
가슴에 달아둔 나비는 날아가버렸다
세월을 사정없이 물어뜯던 파도는
이제 또 잘 길들여진 개가 되어
바다의 상한 발목을 핥고 있었다
온기도 없는 달이 뜬 밤
수천 겹 물결을 열고 아픈 이름들이
기포처럼 떠오르기도 했지만
얼굴을 생각해내기도 전에 꺼져버렸다
명치에 가라앉은 바다가
다시 깨어나지 않도록 조심하면서
나는 차가운 밤을 쓰다듬었다
잠잠해진 꿈속에서 건져낸 나의 심장은
이미 오래전에 죽은 조개처럼
갯내 가득한 진흙만 쌓여 있었다

얼음과 놀다

와장창, 거울 속에서
차고 딱딱한 물고기들이 튀어나왔다
벽에 박혀 있던 못이 빠지면서
십 년 넘게 고요하던
얼음 호수가 깨져버린 것,
처음으로 물밖에 나온 물고기들은
얼어 있던 목숨을 풀고
방바닥 위에서 펄떡거렸다
어떤 놈은 장판에 머리를 박은 채
가쁜 숨 몰아쉬고 있었다
꼬리지느러미를 흔들 때마다
날선 비늘이 반짝거리는
얼음 물고기를 잡으며 온종일
방안을 헤집고 다녀야 했다
쓰레받기에 모아둔 물고기들은
그러고 보니 하나같이
나의 눈동자를 하고 있었다
눈가의 얼음 눈곱을 떼어주려다
손가락에 피 한 방울 맺혔는데
아직 따뜻한 피가 남았다는 게
새삼스레 쓸쓸한 날이었다

마네킹 나나

비가 막 그친 새벽이에요. 오늘은 쭈그려 앉아 낙엽을 토하던 플라타너스도 없어요. 대신 유리에 맺힌 빗방울들이 가로등 불빛으로 반짝, 반짝, 눈을 깜빡이네요. 빗물로 만들어진 눈동자가 하는 말을 사람들은 들어본 적 없을 거예요. 그 비릿한 맛의 눈빛을 읽을 수 없을 거예요. 나는 뻣뻣한 팔을 뻗어 빗방울을 하나씩 집어 눈 속에 넣어요. 빗물의 눈동자가 안약처럼 스미면, 혹여 슬픔을 느낄 수도 있을까 해서요. 하지만 눈물샘이 없는 눈에는 비의 눈빛이 고이지 않아요. 매번 흘러내리고 마는 빗방울에 블라우스 앞섶만 축축하게 젖어요. 누군가 나를 벗겨간다면 정체를 알 수 없는 비린내 때문에 한동안은 앓을 거예요. 바람도 무겁게 젖은 새벽, 한 방울로 흘러내릴 수 없는 나는 관절마다 삐걱대며 유리의 방에 또 갇히고 마네요.

아무것도 아닌 밤

골목 귀퉁이 볼록거울에서
눈깔도 없는 고양이가 줄지어 태어난다

유리가 박힌 담장 위에서 줄장미는
검게 탄 입술을 뜯다 피를 본다

죽은 별들의 무덤을 파헤쳐놓고
빛나는 눈물을 연습하는 밤

핏줄 구석구석 병든 고양이가 울고
손금 사이사이 썩은 장미가 핀다

벽장 속 가장 캄캄한 그림자를 꺼내
나는 서둘러 얼굴 표정을 덮는다

지옥에 먼저 보내놓은 내가
오늘은 더 아프게 몸을 뒤척인다

아홉수의 생일 파티

널 위해 준비한 까맣고도 단단한, 케이크에 불을 붙이면 아홉 개 구멍에서 불의 꼬리가 올라와 식탁을 밝혀줄 거야, 구미호의 붉은 혓바닥에 흔들리는 밤, 케이크에 꽂힌 검은 양초가 불러주는 노래, 누구나 홀리게 되는 생일 축하합니다, 무색무취의 음들이 방을 가득 채우겠지, 노래를 타고 수천만 년 뒤엉켜 있던 나이테들이 풀려나오면, 흐느적흐느적, 춤을 모르는 너도 저절로 리듬을 타게 될 거야, 식탁 밑의 곰팡이 낀 어둠을 녹여내서 아홉 개의 술잔에 나눠 따르고, 너무 쉽게 취하지는 마, 뿌리부터 허옇게 재로 변하는 꽃들의 폭죽 같은 비명이 남았으니까, 너의 눈 코 입 귀 항문과 성기 아홉 개 구멍에 불꽃이 식으면, 가닥을 찾을 수 없는 시간들이 풀리기 시작할 거야, 네 몸에 묶여 있던 아홉 개 얼굴의 영혼까지도.

눈치

눈치는 보일 듯 말 듯 아주 작은 물고기
나는 배꼽이고 항문이고 눈에 띄지 않는 곳마다
눈치를 풀어 키웠다
물고기는 배고픈 내게 밥을 물어다주었고
때로 감쪽같이 숨는 법도 알려주었다
눈치 때문에 가까스로 불행을 벗어나는 일이 많았다
눈치를 보며, 눈치를 따라가는 게 익숙해질 무렵
나는 서서히 살이 올랐다
그러면서 몸속의 작은 물고기는 한 마리씩 죽어나갔다
하나같이 배가 홀쭉하게 들어가 있었다
눈치에겐 불안이 유일한 먹이였던 것,
나에게서 풍기기 시작한 비린내를 눈치채고
사람들은 하나둘 떠나기 시작했다

파리 양식장

좌판의 비린내를 따라서
위이이윙, 파리들이 몰려온다
주인이 나무 그늘의 최면에 빠져
뻐끔뻐끔 꿈결을 헤엄칠 동안
손님 없이도 리어카 주변은
검은 날갯짓으로 북새통이 된다
생선 사이 박혀 있는 얼음조각을
목말랐던 태양이 열심히 빨자
아가미에, 비늘 속에, 눈동자마다
꽁꽁 봉해놓았던 비린내가
한꺼번에 터져 거리에 뿌려진다
파리들이 먹이를 낚아챈 자리
동심원 그리며 퍼지는 바람,
밀려온 소란에 실눈을 떠보지만
꿈결만 허우적 그의 손사래로는
난장의 오후를 정리할 수 없다
비린내가 양식한 물좋은 파리들이
리어카를 끌고 날아오르면
그때서야 하품으로 잠이 깬 그
입속의 술냄새도 비리다

녹슨씨에게

녹슨, 당신의 자전거는
가로등에 목줄을 걸고
늙은 개처럼 멍하니 골목을 보네요
타이어의 지워진 지문으로는
더이상 길을 읽을 수 없네요
안장 위에 먼지만 앉아도
바람이 빠지는 두 개의 둥근 발,
낮과 밤 앞뒤 바퀴를 굴리며
속도를 높이던 시간들이
중심을 잃고 모로 누워 있네요
처마도 없는 저곳에 묶인 채
몇 번의 비가 다녀갔을까요
짐받이는 젖은 기억들이 무거워
털썩 주저앉고 말았네요
녹슨, 당신도 버린 자전거
늘 비어 있는 밥그릇에 그래도
가로등은 밤마다 불빛을 쏟아주네요

가디마이*

흰 염소와 검은 염소가 나란히
서로의 얼굴을 바꿔 달고서
피로 물든 들판을 걸었다
간신히 몽우리를 연 들꽃들도
쿠크리 칼날 아래 목을 들이밀고
향기로운 눈을 감았다
순례의 마지막 발자국에는
비린 숨소리만 가득 고였다
여신의 그늘진 목덜미를 짚어보니
짓이겨진 꽃물이 줄줄,
연고를 듬뿍 짜 발라주어도
쓰라린 저녁은 쉬 아물지 않았다
버팔로 뿔을 내장 깊숙이 박고
한 무리의 바람이 날뛰다 쓰러져갔다
통증은 축제의 불꽃놀이 같은 것
순한 제물의 목울대를 뒤적여
미래를 찾아내던 사람들,
신선한 비명에 취해
손금에 깃든 울음은 듣지 못했다

* 오 년마다 열리는 네팔의 힌두교 축제로 수십만 마리의 동물들이
제물로 바쳐진다.

배꼽 욕조

욕조에는 늘 물때가 끼어 있었다
팔을 걷어붙이고 얼룩을 닦아내는 데
하루를 꼬박 끓어야 했다
참회는 생각보다 뻐근했고
생각만큼 개운하지는 않았다
마음먹고 욕조를 닦아낸 그런 날에는
홀가분하게 잠들고 싶었지만
꾀죄죄한 얼굴이 자꾸만 떠올라
새벽이 더 충혈되곤 하였다
끝내 잠자리를 걷어내고 일어나
가난한 이름을 데려다 씻겨야 했다
누가 들을까 물소리도 죽여가면서
가만가만 발뒤꿈치 행적들을 벗겼다
목욕을 마치고 배꼽 마개를 열면
꼬르륵 물 빠지는 소리가 오래 울렸다
한 생이 또 더럽게 빠져나갔다

풀밭의 주문

풀밭을 가꾸는 일로
그녀의 일과는 시작되지요
새벽 어스름 속 안개를 짜내
시들어가는 풀들에게 먹이고
잎맥마다 바람을 주사하지요
나비는 그 널따란 풀밭에
한 마리도 날아들지 않지요
꽃을 피우지 않아야 한다는 게
그녀가 정한 풀밭의 규칙,
꽃망울이 맺히기 무섭게
풀들은 제 대궁을 비틀지요
그녀는 새로 짠 그림자를 찢어
낙태당한 아기 꽃들을 덮고
울지 마라 아파도 마라
뿌리로만 견딜 수 있어야
쓰러지지 않는 풀이 된단다
팔랑팔랑 주문을 풀어놓지요
햇살도 이곳에선 풀이 죽어
그늘만 넓혀놓고 가지요

빨간 일요일

　일요일의 신호등은 모두 빨강, 금지된 길을 건너다가 계절이 온통 물들어버렸네, 빨강이 아닌 꽃들은 모두 얼굴을 포장해놓고 일찍 잠들었지만 나는 충혈된 눈 때문에 하루를 접을 수 없었네. 중성화된 고양이 수술 자국에 빨간약을 발라놓고서 죽은 사람들의 노래를 꺼내 들었네, 다섯 가닥 바람에 매달려 있던 붉은 음표들이 떨어져 수북이 쌓였네. 어제 읽다 만 벽에는 강렬했던 모기의 최후, 붉어진 노래는 마지막 소절을 끝내고도 윙윙 귀를 맴돌았네. 허밍을 사탕처럼 굴려도 나의 혀에는 피가 돌지 않아 그 노래에 닿지 못했네. 식지 않은 빨강을 찾아내려고 고양이가 선물해준 흉터를 뒤적였지만 거긴 새빨간 거짓말만 흐르고 있었네. 누군가 보기 전에 빨간 실로 봉합해놓고 빨간 일요일이 서둘러 지나갔네.

얼음 공화국

　　기울어진 방은 밤마다 시끄럽다. 금간 입술로 한숨을 쉴 때마다 곰팡이가 쌓이는 벽, 당신의 가슴에 허술하게 발라 놓은 시멘트가 부스스 떨어진다. 방수 처리가 안 된 눈에 차가운 물방울이 맺히기도 한다. 오늘도 틀어진 입으로 중얼거리는 창틀의 말은 시리고, 그 말을 받아넘기던 당신의 목구멍이 얼어터진다. 기침은 깨진 얼음 알갱이처럼 사방에 흩어진다. 셔벗처럼 몽글몽글 떠다니는 방의 어둠을 휘젓다가 어깨가 더 뻐근해진다. 가느다랗게 이어지는 맥박 소리에서 이따금 찬바람이 새기도 한다. 틈이 생긴 곳마다 송곳니처럼 자라난 고드름은 정수리를 겨냥하고, 벽에 누워 있던 바람이 당신의 아픈 관절마다 몰려들어 체온을 빼먹는다. 삐걱삐걱 당신은 얼음 공화국으로 간다.

나뭇잎 행성

둥그런 연못 위로
마른 단풍잎 하나 날아왔다
가지 끝까지 펼쳐놓은 나이테의 중력을 벗어나
처음으로 다른 우주에 와 닿았다
소금쟁이가 물속으로 빠져드는 발을 건져
나뭇잎 행성에 걸쳐놓고 쉬는 동안
연못은 팽창을 거듭했고
수십 겹의 물결이 다시 태어났다
어두운 바닥은 오랫동안
신들이 별을 빚어내던 곳,
나뭇잎은 잎맥을 길게 풀어놓고
신의 목소리를 낚아올렸다
드는 물과 나는 물 사이에서
연못은 돌고 또 돌고
나뭇잎은 새로운 공전 궤도를 익히느라
무겁게 젖어드는 것도 몰랐다
물속에 떨어진 별빛을 빨아먹고
올챙이 한 마리가 꼬물꼬물 태어났다

녹다 만 얼굴

네가 놓고 간
무표정한 얼굴의 거울은
얼음보다 차가웠다
바람도 거미줄에 잡혀 있던 한여름
거울을 깨 냉동실에 넣어두고
몇 조각씩 꺼내
나는 유리컵 안의 물을 식히곤 했다
목마른 밤을 휘휘 저으면
스푼에 살짝
녹다 만 네 얼굴이 비쳤다
이목구비가 사라진 기억이지만
수은으로 덧칠된 눈빛만큼은
쉽게 녹아나질 않았다
네 속을 더 환히 들여다보고 싶었지만
결국 내 못난 얼굴만 보여주던 거울
그 딱딱한 얼음을 녹이려다
유리컵을 깨고 말았다

타인의 방

액자 속 찢어진 아이에게 말을 걸었다
빛바랜 눈으로 바라볼 뿐 아무 대답도 하지 않았다

흔들어도 일어날 줄 모르는 침대 위 불빛
열병에 걸린 뜨거운 몸으로 잠꼬대만 해댔다

거울 속의 남자는 뭐가 그리 우스운지
낄낄낄 깨진 유리 같은 웃음을 쏟아냈다

익숙했던 체취는 곰팡이가 다 먹어치우고
장롱을 뒤져봐도 눅눅한 그림자들만 걸려 있었다

방향제를 뿌리자 방안 가득 안개가 퍼졌다
나는 그 속에 뿌옇게 사라지기 시작했다

우리의 죄는 야옹

아침 창유리가 흐려지고
빗방울의 방이 하나둘 지어졌네
나는 세 마리 고양이를 데리고
오늘의 울음을 연습하다가
가장 착해보이는 빗방울 속으로 들어가 앉았네
남몰래 길러온 발톱을 꺼내놓고서
부드럽게 닳을 때까지
물벽에 각자의 기도문을 새겼네
들키고야 말 일을 미리 들킨 것처럼
페이지가 줄지 않는 고백을 했네
죄의 목록이 늘어갈수록
물의 방은 조금씩 무거워져
흘러내리기 전에 또 다른 빗방울을 열어야 했네
서로를 할퀴며 꼬리를 부풀리던 날들,
아직 덜 아문 상처가 아린데
물의 혓바닥이 한 번씩 핥고 가면
구름 낀 눈빛은 조금씩 맑아졌네
마지막 빗방울까지 흘려보내고 나서야
우리는 비로소 우리가 되어
일상으로 폴짝 내려설 수 있었네

해설

상처의 수사학

김홍진(문학평론가)

상처가 깊으면 깊을수록(육체의 중심부, 심장까지),
주체는 더욱 주체가 된다.
——롤랑 바르트

길상호 시인의 선한 시선은 항상 고요하다. 그 고요는 차
라리 사색적 주의(注意)라 할 만큼 깊다. 그의 선한 시선이
자아내는 수줍은 듯한 얇은 미소는 약삭빠르게 활동적인 삶
을 지향하고, 사물에 대해 부산하고 분산적인 주의를 추구
하는 현대적 얼굴의 세태와는 거리가 멀다. 그의 시선은 항
상 낮고 고요하며 깊은 정적을 품고 있는 듯하다. 그의 주의
는 지침 없이 꾸준하다. 고요한 정적과도 흡사한 눈빛의 정
조, 그로부터 발원하는 시 쓰기는 사물에 침잠해 들어가면
서 사물이 그렇게 존재한다는 사실, 그리고 인간의 어떤 인
위적 조작 가능성에서도 벗어나 있다는 사실을 깨닫는 과정
에 가깝다. 그의 시는 관조적이며 사색적인 시선을 통해 존
재의 비의에 천천히 침잠해 들어간다. 그러나 그 침잠은 역
설적이게도 "현상되지 않던 표정들"(「빗방울 사진」)을 다
읽어낼 수 없다는 비밀을 자각하는 일에 다름아니며, "목
가죽이 벗겨진 생울음"(「번개가 울던 거울」), "손금에 깃든

울음"(「가디마이」)과 같은 자신의 실존적 상처와 고통을 정면으로 응시하고 각성하는 일이다.

> 침묵만 남아 무거워진 낙엽을
> 한 장씩 진흙 바닥에 가라앉히면서
> 물살은 중얼중얼 페이지를 넘겼다
> 물속에는 이미 검은 표지로 덮어놓은
> 책들이 수북이 쌓여 있었다
> 연못의 목소리에 귀기울이며
> 오래 그 옆을 지키고 앉아 있어도
> 이야기의 맥락은 짚어낼 수 없었다
> 저녁이 되어서야 나는 그림자를 뜯어
> 수면 아래 가만 내려놓고서
> 비밀처럼 깊어진 연못을 빠져나왔다
> —「연못의 독서」 부분

길상호의 시편들은 특히 관조적 침잠과 응시의 시선이 잘 나타나 있다. 그의 시선은 은폐된 대상의 비밀을 읽어내려 오랫동안 주의한다. 마치 세잔의 사색적 관찰처럼 사물의 풍경은 길상호의 시선 속에서 스스로 생각한다. 그는 사물과 현상에 깊이 침잠해 비밀을 감각하려 애쓴다. 그러나 그럼에도 길상호는 시적 대상이 품은 잔여를 비밀로 봉인한 채 남겨두고 대상으로부터 슬며시 물러난다. 사색적 관조의 시선으로 머물며 응시하다가 거리를 두고 물러남은 그의 시의 한 매력이다. 그는 관조적으로 정지한 채 머물다 다 읽어낼 수 없음에, 다 벗겨낼 수 없음에 순순히 물러난다. 그 은폐된 비밀을, 주체의 내면으로는 결코 환원할 수 없는 타자성이 간직한 비밀을 그대로 존중하고 슬며시 물러난다.

시인은 낙엽이 날아든 초겨울 연못을 바라보며 오랫동안 머물러 있다. 그는 시간을 잊은 듯 정지한 채 관조적으로 머물면서 연못을 주시하며 연못의 독서를 읽어내려 애쓴다. 그가 읽어내려는 연못은 "한시도 다른 데 눈을 돌리지 않"고 "잎맥 사이 남은 색색의 말들을 녹여/ 깨끗이 읽어내는"데 열중이다. 낙엽의 잎맥에 대한 연못의 독서는 완벽한 것이어서 "물속에는 이미 검은 표지로 덮어놓은/ 책들이 수북이 쌓여 있"다. 그러나 "연못의 목소리에 귀기울이며" 저녁이 되도록 "오래 그 옆을 지키고 앉아" 연못의 독서를 읽어내려는 시인의 독서, 주의 깊은 노력, 깊은 사색적 관조는 역설적이게도 연못의 독서가 품고 있는 "이야기의 맥락을 짚어낼 수 없"는 불가능한 종류의 것이다.

연못의 독서가 낙엽의 잎맥이 품은 비밀을 깨끗이 읽는 행위라면, 반면에 연못의 독서에 주의를 기울이는 시인의 읽기는 연못의 독서가 품은 비의에 도달할 수 없다. 이러한 접근 불가능성으로 인해 화자는 연못에서 물러난다. 자신의 "그림자를 뜯어/ 수면 아래 가만 내려놓고" 시인은 "비밀처럼 깊어진 연못을 빠져나"온다. 연못이 지닌 비밀은 읽어낼 수 없음으로 시인은 그저 머물며 응시하다 물러나고, 그로 인해 연못의 신비는 비밀처럼 깊어진다. 그것은 결코 폭로될 수 없는 것이다. 벤야민의 말을 빌려 진정한 아름다움은 결코 폭로될 수 없는 비밀로 나타날 때를 제외하고는 결코 파악된 적이 없는 것이기 때문이다.

미적 체험이란 주체가 자신을 확인하는 만족이라기보다는 자신의 유한성에 대한 깨달음에 있다. 아도르노의 이 유명한 명제는 말하자면 일반적인 체험에 날카롭게 대립하는 전율은 자아의 단편적인 만족이 아니며, 또한 일시적 쾌감을 주는 것도 아니다. 오히려 그것은 자아가 후퇴하는 순간이며, 이때 전율에 휩싸이며 자아는 자신의 유한성을 깨닫는다. 그럼으로써 대상의 타자성은 오롯이 보존되는 것이다. 연못의 독서를 깨끗이 읽어낼 수 없음에, 그 숨어버림에 비밀은 깊어진다. 그리하여 비밀처럼 깊어진 연못은 숙명적으로 비밀스러운 것이며, 이 밝힐 수 없는 불가능성으로 인해 그것에 대한 몰두와 주의가 발생한다. 왜냐하면 욕망이란 나에게 속하지 않는 것, 이를테면 부재하는 것에 대해서 발생하기 때문이다.

연못의 독서를 다 읽어낼 수 없는 유한성에 시적 주체는 물러나고, 연못의 무한성은 비밀스럽게 깊어진다. 말하자면 연못의 독서가 포함하고 있는 궁극의 의미 지점을 벗겨낼 수 없음에 시적 주체는 "비밀처럼 깊어진 연못을 빠져나"오며 자신의 유한성을 깨닫는 것이다. 전통적으로 대상이나 사물은 인식 지평이나 범주 안에서 의미를 부여하는 주체에 의해 의미를 부여받을 때 비로소 의미를 얻게 된다. 사물은 주체의 이성적 활동의 범주와 인식의 지평을 떠나서 그 자체로 의미를 갖지 못한다. 그러나 길상호는 다 벗겨낼 수 없음, 즉 존재가 베일을 벗고 하나의 존재자로 밝혀져 있게 하는 비은폐 내지는 탈은폐로서의 진리와는 반대편에서 대상의 무한성이나 초월성을 읽어내는 것이다.

납작하게 눌려 있던 말들이
젖은 오후에 대해 중얼거리기 시작했다

입속을 가득 채운 문장들은
씹어도 단물이 배어나오지 않고

책장 넘기는 비린 소리를
고양이가 쫑긋 귀를 펼쳐 주워먹었다

빗물이 그려놓은 얼룩이 선명해질 때까지
입술마다 흐느낌이 새어나왔다

다만 표지는 두꺼운 입술로
아직 침묵을 유지하고 있었다

—「물먹은 책」 부분

흥미롭게도 3부로 구성된 길상호의 시집의 각 부 첫머리
는 '책'과 관련한 시를 배치하고 있다. 「썩은 책」 「물먹은
책」 「말없는 책」이 그것들이다. 인용한 시는 그 가운데 한
편인데, 화자는 빗물에 젖어 불어서 붙어버린 책장을 "아
슬아슬 떼어내며" 읽기를 시도한다. 그러나 "납작하게 눌
려 있던 말들"은 "젖은 오후에 대해 중얼거"릴 뿐이며, "입
속을 가득 채운 문장들은/썪어도 단물이 배어나오지 않"는
무미한 독서일 뿐이다. 물먹은 책은 도저히 읽을 수도 해독
할 수도 없는 것이다. 그것은 다만 빗물에 의해 읽어낼 수
없는 얼룩만 선명하게 확인시켜줄 뿐이다. 물먹은 책은 "입
술마다 흐느낌"이나 "중얼거"림으로 새어나오는 가늠할 수
없이 불투명하고 모호하며, 따라서 해독이 불가능한 "비린
소리"일 뿐이다. 더군다나 "표지는 두꺼운 입술로" "침묵을
유지하고 있"기 때문에 시인은 그 무엇도 읽어내지 못한다.
이 죽음과도 같은 침묵은 자기를 결코 내주지 않고, 끊임없
이 빠져나가고 달아나고 숨김으로써 시인의 욕망을 번번이
좌절시킨다. 마치 "오늘을 끊어낸 자리 내일의 시간을 다시
붙여도" "닿을 수 없는 거리"(「도마뱀」)처럼 벌어진 균열과
단절은 역설적이게도 대상의 본질을 파악하려는 시인의 끈
질긴 주의와 욕망을 부추기는 것이다.
　인간 이성의 정신 활동과 지적 집적물인 책은 시인에게 썩
었거나, 물을 먹었거나, 아무것도 말해주지 못하는 벙어리

같은 것이다. 책의 죽음과도 같은 무(無)는 시인의 시선을 끊임없이 유혹하는 합일 불가능성의 사랑과 같은 것이다. "죽은 글자들을 위해서는/더 깜깜한 죽음이 필요했다"(「썩은 책」)는 진술에서 알 수 있는 것처럼, 시인은 궁극의 죽음에서 존재의 근원을 보고자 한다. 그것은 어떤 흔적을 품은 얼룩일 뿐이어서 어찌 말할 수도 도달할 수도 없는 비밀스러운 종류의 것, 밝힐 수 없는 것이어서 시인으로서는 침묵하고 물러날 수밖에 없는 노릇이다. 또한 "하얗고 매끈한 혀"로 이미 다 말해지고, 다 폭로된 책은 책이 아니다. 그것은 아무것도 말해주지 않는 책일 뿐이다. 길상호에게 대상은 다 말해질 수 있는 것이 아니다. 따라서 "하얗고 매끈한 혀"로 말해진 책은 "독니를 지닌 문장의 허물"로서 우리에게 "아무 말도 할 수 없"(「말없는 책」)는 썩은 책에 불과하다.

길상호는 최종적 지점을 지향하거나 대상의 은폐된 비밀을 폭로하지 않는다. 탈은폐를 지향하지 않는다. 길상호의 시적 미학은 대상을 "검은 표지로 덮어" 봉인한 채 비밀로 남겨두고, 다만 그저 침묵이 포함한 얼룩을 아프고 고통스럽게 감지할 뿐이다. 무어라 단정할 수 없는 얼룩을 아프게 감지하는 일은 대체로 그것이 자신의 내면으로 깊이 침잠해 내려갈 때 비교적 확연하게 그 실체를 드러난다. 가령 "얼룩으로 얽힌 거미줄이 또렷하게 되살아나 있"는 상처의 흔적을 발견할 때처럼 말이다. 그가 발견한 흔적의 형상은 "흥건하게 젖어든" 자신의 실존적 '흉터'로서 "내 눈에도 거미줄을 이어" "눈꺼풀 속이 밤새 출렁거"(「물방울 거미」)리도록 만든다. 시인은 끊임없이 그 상처의 흔적을 반추해나간다. 시적 대상에 오래 천천히 머무는 관조적 응시가 그의 시쓰기의 근원을 이루는 것이라면, 자신의 실존의 뒷면, 그 내면의 심연을 고통스럽게 응시하는 태도에서도 동일한 포즈를 취한다.

　　쓸쓸하게 배가 아픈 밤
　　손을 따고 들어가보는 방

　　손톱의 창에 박혀 있던 가시는
　　곪은 바람을 또 불러들이고

　　명치에 쌓인 나를 쓸어내리며
　　당신은 아무 말 없네
　　　　　　　　　　　　　─「손톱 속의 방」 부분

　길상호의 시에서 대상 속으로의 관조적 침잠은 시간을 고요하게 만들고 정지된 상태를 만들어낸다. 이러한 침잠을 통해 길상호는 자신에게 주어진 실존적 운명의 본질, "나는 다시 나의 손금"을 살 수밖에 없는 운명을 응시한다. 이 응시를 통해 시인은 "손톱의 창에 박혀 있던 가시"가 "곪은 바람을 또 불러들이고" "어둠이 죽은피처럼 고여"있는 실존의 처연한 지점, 그러니까 "통점을 잃은 상처들이 덧나""끝도 없이 퍼렇게 번져"(「침엽수림」)나가는 임계점에 도착한다. 길상호의 이러한 시선 탓인지 고요와 정적 속에서 들끓는 그의 시는 고통스럽다. 고통스럽게 아름답다. 고통이라는 부정성으로 말미암아 길상호의 시는 숭고한 깊이, 형용 모순이겠지만 고통스러운 아름다움을 야기한다. 그는 고통을 어루만지듯 보살피며 시적 대상이나 자신의 운명적 구조의 내면을 감각한다. 이때 그의 시의 아름다움은 매끄럽고, 밝고, 부드럽고, 연한 느낌의 미감과는 전혀 다른 종류의 것이다. 그보다는 거칠고, 어둡고, 딱딱하고, 날카롭고, 부패해가고, 사라지는 질감의 부정적 지각에 가깝다. 고통의 부정성으로 인해 길상호의 시는 공포와 전율에 휩싸이게 하고, 우리를 경악하게 한다.

길상호의 시집은 시인이 대상을 바라보고 대상이 숨기고 있는 내밀한 심연의 결과 흔적을 은밀히 감각하는데, 그것은 대개 자신의 내면적 상황을 지시하는 것처럼 보인다. 그것은 사물과 현상이 품은 내면을 세심하게 읽어가는 독서 행위와 같은 것으로 시인은 이러한 대상에 대한 내밀한 독서를 통해서 그것이 품은 어떤 비의의 세계를 감각한다. 그가 바라보는 시적 대상은 시적 주체를 타격하고, 시인은 대상이 가하는 타격에 고통스러워하며, 그로부터 자신은 물론이거니와 세계 내 존재를 감각한다. 그 감각은 대개 지울 수 없는 상처의 흔적을 발견하고, 또 고통의 전율로 이어진다.

그 과정에서 그의 시는 고요한 파문을 일으키며, 유별한 시적 음역을 형성하고 울림을 파장해나간다. 그 유별난 시적 음역에는 상처와 고통의 울림이 자리한다.

길상호의 시는 오래 천천히 바라본 결과물이다. 익숙하고 친숙한 것에 천천히 머물러 응시한다는 것은 그에게 시적 대상에 상처를 입히고 고통을 가하는 행위이다. 그의 시집에서 상처를 입지 않은 시는 없다. 어쩌면 길상호 시인에게 상처의 부정성은 시적 사유를 촉발하고 양육하며 규제하는 기제일지도 모른다. 바르트를 인용하자면 그에게 상처란 무시무시한 내면성이다. 그에게 상처의 부정성은 본질적으로 고통으로서 그 고통 속에서 부재하지만 현존하는 것으로서의 자신의 실체적인 진실을 발견한다. 그의 시가 보여주는 것은 세계의 모든 대상이 자기 몫의 상처와 고통을 견디내면서 '손금'에 새겨진 자기 몫의 운명을 감당해내는 모습이다. 삶은 "한 가닥 희망을 부풀릴수록/ 벽들은 더 두꺼워지"(「불어터진 새벽」)는 헛되고 헛된 욕망과 믿음, "하루를 돌리고 나면 곪은 상처"(「식은 사과의 말」)의 고통에 시달리며 죽음을 향해 나아가는 것이다. 그러나 시인이 노래한 것은 운명적 생존의 씁쓸한 비극성과 부조리를 넘어 삶과 세계를 진정으로 이해하는 하나의 관점으로 기능한다. 삶의 진정성은 그 이해가 불안과 허무, 그 비극성을 더하는 것이라도 그것을 깊고 고통스럽게 체험하는 일에서 비롯하기 때문이다.

잘못 적어놓은 주소가
수취인도 없는 이곳에 나를 데려다놓았다

수많은 밤 그렇게 도려내도
발뒤꿈치에 선명한 아버지의 필적,

세월이 올려놓은 우편료만큼
오늘도 상처 옆에 상처 하나를 더 붙이고

내가 뜯어볼 수 없는 내 속이
너무도 궁금해 반송하려 해도

아버지의 주소는 세상에 없다
                 —「풀칠을 한 종이봉투처럼」 전문

　길상호의 시는 상처의 근원에 뿌리내리고 있다. 그의 시의
비극성은 "장맛비 쏟아지던 어느 날 아버지가 그 개를" "목줄
을 질질 끌고 와서는 거울 속에 억지로 집어넣"(「번개가 울
던 거울」)는 공포스러운 부성에서 발원하는 것처럼 보인다.
말하자면 그의 시의 비극성은 내면의 자리에 부성이 불러일
으키는 공포스러운 기억으로 채워져 있고, 또 그로부터 유래
한 "그늘 가득한" 자신의 얼굴을 "햇빛으로 박박 지워"대도

"햇빛만 시커멓게 때가" 낄 뿐 "그늘은 지워지지 않"(「그늘
진 얼굴」)는 운명의 가혹함에서 비롯한다. 이러한 비극적 인
식으로 인해 내일에의 약속은 "기약 없는 내일이 침대에 드
러눕는"(「알약」) 것처럼 허망하고 막막한 채로 내버려져 있
다. 어두운 기억은 발을 묶고 앞날은 지워져 있다. 이와 같은
맥락에서 인용 시는 아버지로부터 기원하는 삶의 근원적 고
통을 환기시킴으로써 돌이킬 수 없는 상실감을 자아낸다. 시
인에게 삶은 비극이고 또 도저히 화해할 수 없는 부정성으로
가득차 있다.

 길상호의 시는 상처로 얼룩져 있고, 상처가 주는 고통으
로 인해 비극적이다. 그 비극성은 무엇보다도 자신의 내면
과 실존을 규정하는 '얼룩'으로 은유된 "가난한 이름을 데려
다 씻"(「배꼽 욕조」)어낼 수 없는 불가능성에서 비롯한다.
인용 시는 시인의 자신과 세계에 대한 절망적 인식이 어디
에서 기원하는지를 환기해준다. 시인은 현재의 실존적 조건
을 애초부터 "잘못 적어놓은 주소"로 인해 받아볼 "수취인
도 없는 이곳"으로 자신을 데려다놓은 것으로 인식한다. 이
를테면 시인은 자신의 의지와는 아무런 상관없이 '이곳'에
버려진 것이다. "발뒤꿈치에 선명한 아버지의 필적"으로부
터 유래하는 자신의 실존적 정체성은 도려내버리고 싶은 상
처의 흔적으로 구성된 것이다. 아버지의 필적은 지속적으로
시인의 내면으로 개입해 들어오면서 상처를 가중시킨다. 그
의 상처와 고통은 아버지의 필적으로부터 유래하며, 그것은

끊임없이 "상처 옆에 상처 하나를 더 붙이"면서 시인의 현재적 실존을 구속한다.

그러나 시인은 현재를 살아내기 위해 끊임없이 그 고통을 반추한다. 오히려 그것은 살아내어야 할 시간에 대한 고통스럽고 쓸쓸한 자기 확인에 가깝다. 도려낼 수도 없고, 또 자신도 알 수 없는 것이어서 "반송하려 해도" 돌려보낼 "아버지의 주소"는 이미 세상에 없다. 이 어쩔 수 없는 상처로의 삼투 현상은 길상호 시에 빈번하게 나타나는데, 상처에 대한 기억이 현재에 지속적으로 겹쳐지면서 시인의 내면적 고통의 깊이가 절실하게 환기된다. "발뒤꿈치에 선명한 아버지의 필적"은 현재의 감각 속으로 끼어들어 작용하면서 자신의 실존적 조건을 더욱 아프게 지각하도록 한다. 말하자면 상처의 흔적은 과거로의 후퇴에 있지 않고, 반대로 과거의 현재로의 진전에 있다. 다른 말로 이것은 과거의 아픔이 현재가 되었음을 의미한다. 상처와 고통은 따라서 자기 자신의 실존과 세계를 인식하도록 작용하는 것이다.

시인이 호명하는 아버지는 아무래도 정신적이며 초월적 권위의 부성으로서의 아버지일 수도 있겠고 육신의 아버지, 실재했던 아버지일 수도 있겠다. 무엇이 되었든 그 아버지는 끊임없이 화자의 실존적 운명에 억압적으로 개입해 들어온다. 그렇기 때문에 그 아버지는 시인의 현재의 실존을 강력히 규정한다. 초월적 아버지가 되었든, 아니면 실재적인 아버지가 되었든 간에 아버지는 자기 자신의 근본, 기원이 어디에서부터 오는지를 지시한다. 아버지는 현재의 고통을 낳게 한 동인으로서 "발뒤꿈치에 선명한 아버지의 필적"은 "빨랫돌이 모두 닳아 사라지지 않는 한" 결코 "물의 족쇄"(「도비왈라」)를 벗어날 수 없는 도비왈라의 신분과도 같은 것이다. 그것은 "손금 사이 찌들어 있던 운명"과 "때가 낀 배꼽 속에도 한 방울"(「무한 락스」)의 락스를 풀어 씻어내고픈, 지워버리고 싶은 얼룩이다. 그러나 "깨끗한 이름으로 살고 싶었으나" 매번 "나는 그만 찢어지고"(「아침에 버린 이름」) 마는 데서 그의 시의 비극성은 한층 깊어진다.

상처의 응시를 통한 반추는 결코 행복의 시학에 이르지 못한다. 길상호의 시에서 실존의 기억이 품은 아득한 깊이로 침잠할수록 상처는 덧나고 세계는 어두워진다. 얼룩진 상처의 심연을 들여다보는 것, 기억의 심연을 체험하는 것이야말로 시적 주체의 실존적 운명의 비극적 구조를 드러내기 때문이다. 그의 시의 형식은 압도적일 만큼 자주 상처로 얼룩진 자신의 흔적을 탐색함으로써 자신의 실존적 존재 방식을 탐문하는 방식을 취한다. 시인에게 "현생은 빼내야 할 얼룩 같은 것"(「도비왈라」)이거나 "손금이 키워낸 가시들을 뽑아내다가" 들춰낸 "개미지옥"(「두 개의 무덤」)에서 자기 몫의 삶과 고통을 감당하는 비극적 운명이다. 그러나 그것은 단지 "손바닥 손금 사이 찌들어 있던 운명"적 생존의 씁쓸한 내용이 아니다. 그보다는 "때가 낀 배꼽 속에도 한 방울/ 락스를 풀어놓고 잠"(「무한 락스」)들 수밖에 없는 운명의 구조를 진정으로 이해하는 것이다. 그 이해가 "핏줄 구석구석 병든 고양이가 울고" 또 "손금 사이사이 썩은 장미"(「아무 것도 아닌 밤」)가 피어나는 불안과 공포와 허무, 그리고 상처의 고통을 덧나게 해도 그것을 더욱 깊이 체험하는 일이다. 고통의 부정성은 시인을 자기애적 내면성으로부터 떼어내고, 그럼으로써 고통의 부정성으로 말미암아 오히려 그의 시적 의미를 전율스럽게 빛나게 한다.

> 박쥐처럼 날개를 웅크린 노인들은
> 벽 틈새 끼어 있는 햇볕을 긁어모아
> 굳어가는 관절에 펴 바르고
> 아이들은 식은 입김을 불며
> 눈 속에 동굴의 어둠을 익혔다
> 한랭전선이 자리를 잡은
> 우리들의 마을에서 무럭무럭
> 오늘도 자라는 건 얼음뿐이었다
>   ―「얼음이 자란다」 부분

길상호의 시편들에는 현실적 시간 속에서 실존적 자아가 고통받고 절망하고 고뇌하는 모습이 뚜렷이 부조되어 있다. 말하자면 시적 주체가 지닌 상처의 내력과 현재의 비극적 상황, 그리고 「칠월 무지개」나 「점. 점. 점. 씨앗」 등과 같은 작품에서처럼 미래 시간에 대한 희망 없는 절망적 인식이

지배적인 시 세계를 형성한다. 그의 시편들에서 흔하게 등
장하는 '비' '물방울' '빗물' 등과 같은 이미지는 자신의 상
처로 얼룩진 실존적 흔적을 고통스럽게 각인하도록 기능한
다. 물에 젖어 선명해지는 그 지울 수 없는 '얼룩'은 또한 그
의 시에 빈번하게 등장하는 '손금'이나 '얼음' '거울'의 이미
지 등과 어울리면서 운명의 쓰라림, 고통스러운 상처의 흔
적을 강렬히 환기한다. 예컨대 '손금'이 벗어날 수 없는 실
존적 운명의 억압성과 구속성, 비극성을 지시한다면, 자기
자신을 성찰적으로 반영하는 '거울'의 이미지는 주로 '얼음'
'성에' '고드름' 등의 이미지와 어울리면서 분열된 자아의
현재의 차갑고 고통스러운 지각을 더욱 뚜렷하게 부조한다.
  길상호가 마주한 세계는 "얼음 동굴"과 같이 차갑고 어둡
다. 이곳에서는 "추운 잠을 자고 일어나면" "얼음의 순이 한
뼘 더 자라 있"고, "더 날카롭게 칼을 갈며" 고드름은 "아침
의 폐부를 찌르곤"한다. 오늘도 "우리들의 마을에서 무럭무
럭" "자라는 건 얼음뿐"이다. 이 얼음 동굴에서 "박쥐처럼
날개를 웅크린 노인들은" "햇볕을 긁어모아/ 굳어가는 관절
에 펴 바르고" 아이들은 "눈 속에 동굴의 어둠을 익혔다"고
진술할 때, 그의 시에는 전망 부재의 비극성이 압도한다. 이
전망부재의 배경은 인간 실존의 근원적 조건으로서의 부조
리성과 무의미성을 보여준다. 이렇게 길상호의 시는 삶과 세
계의 비극적 실존의 편향성, 고통의 미학화를 통해 비극적
세계 인식을 보여주며, 동시에 실존의 부조리성과 폭력성을

절실하게 담아낸다.

길상호에게 현재적 삶은 어서 벗어나고픈 그래서 영원히 망각 속에 묻어버리고 싶은 긴 천형의 시간이다. 그러나 그는 자신에게 주어진 상처의 고통스러운 흔적과 비극성을 외면하기보다는 오래도록 주시한다. 상처의 주시가 비록 고통스럽고 자신의 실존적 상황을 비루하게 하여도 이를 외면하거나 위장하지 않고 성실히 반추하는 노력을 기울인다. 그의 시편들에서 '얼룩'은 심연에 가라앉은 깊은 상처이며, '얼음'은 시인의 실존이 머무는 거처이다. 일반적으로 상처의 주체는 검은 시간으로부터 벗어나려 몸부림친다. 그러나 상처의 흔적은 결코 그를 놓아주지 않는다. 왜냐하면 상처의 흔적은 생의 중요한 일부이기 때문이다. 좀 과장하자면 어둡고 깊은 상처, 그 쓰라린 고통은 주체의 존립 근거가 되기도 한다. 그런 의미에서 길상호의 시는 상처의 흔적이며, 고통의 흔적이다. 그러므로 길상호의 시 쓰기에서 상처와 고통에 대한 응시는 진정한 자아의 근거를 찾아나서는 탐구, 자신의 존재 증명을 어떻게든 현상해내려는 분투에 가까운 것이다.

길상호의 시는 직접적이고 매끄러우며, 부드럽고 안정된 서정적 미감의 아름다운 향유를 거부한다. 그보다는 우리의 감각을 통각으로 이끈다. 그의 시는 상처의 흔적이 유발하는 고통이라는 회로를 거쳐 비로소 우리에게 그 모습을 슬며시 드러낸다. 그의 시편은 즉각적인 도취 없이 천천히 아프게 스며드는 것이다. 그렇기 때문에 그의 시편은 쉽사리 휘발되지 않고 고통스럽지만 깊은 여운으로 남는다. 상처로 얼룩진 그 고통을 정확히 응시하고 견디며 삶을 살아낼 수밖에 없는 것이다. 길상호는 이 고통의 세계를 벗어남으로써가 아니라 정확히 응시함으로써 진정한 삶의 형식을 만나고자 한다.

길상호 1973년 충남 논산에서 태어났다. 한남대학교 국어국문학과를 졸업했다. 2001년 한국일보 신춘문예를 통해 등단했다. 시집으로『오동나무 안에 잠들다』『모르는 척』『눈의 심장을 받았네』가 있다. 현대시동인상, 천상병시상, 한국시인협회 젊은시인상 등을 수상했다.

문학동네시인선 087
우리의 죄는 야옹
ⓒ 길상호 2016

1판 1쇄 2016년 11월 30일
1판 7쇄 2024년 09월 30일

지은이 | 길상호
책임편집 | 김민정
편집 | 도한나 김필균
디자인 | 수류산방(樹流山房) 본문 디자인 | 유현아
저작권 | 박지영 형소진 최은진 오서영
마케팅 | 정민호 서지화 한민아 이민경 왕지경 정경주 김수인 김혜원 김하연
        김예진
브랜딩 | 함유지 함근아 박민재 김희숙 이송이 박다솔 조다현 정승민 배진성
제작 | 강신은 김동욱 이순호
제작처 | 영신사

펴낸곳 | (주)문학동네
펴낸이 | 김소영
출판등록 | 1993년 10월 22일 제2003-000045호
주소 | 10881 경기도 파주시 회동길 210
전자우편 | editor@munhak.com
대표전화 | 031) 955-8888 팩스 | 031) 955-8855
문의전화 | 031) 955-2696(마케팅), 031) 955-1920(편집)
문학동네카페 | http://cafe.naver.com/mhdn
인스타그램 | @munhakdongne 트위터 | @munhakdongne
북클럽문학동네 | http://bookclubmunhak.com

ISBN 978-89-546-4274-3 03810

www.munhak.com

문학동네